KB189487

깜장 고양이 짜루

겁 많고 소심한 길냥이 짜루의 묘생역전 사계절

깜장 고양이 짜루

고돌댁 글·그림

위즈덤하우스

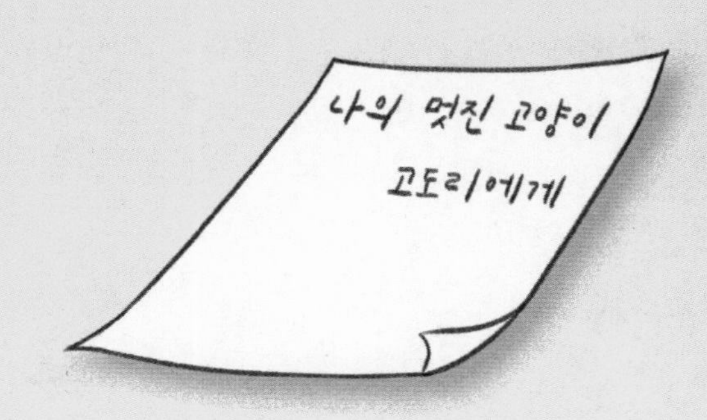
나의 멋진 고양이
고도리에게

짜루를 보신 분은 예뻐해주세요
이름 : 짜루
사는 곳: 아무 곳
특징 : 깜장색
성격 : 사람을

프롤로그

일 년가량 매달려왔던 만화를 마감한 후에
저는 한동안 공허와 우울감에 시달렸습니다
만화를 쓰고 그리다 보면 인물들과 함께 동고동락하게 되는데,
그 이야기와 작별하는 것이 쉽지 않았었나 봐요.

그러다 저는, 제가 세상에 진심으로 전하고 싶은 이야기를 만들어보기로 했습니다.
지금 생각해보면 깊은 상실감에서 벗어나고 싶어
또 다른 이야기 속으로 도망치려고 했던 것 같아요.

혼자 낙서를 하며 이야기를 만들던 중, 우연히 짜루를 만났습니다
이 작은 검은 고양이는 제 마음속 구멍에서 빼꼼 하며
얼굴을 내밀더니 점점 커지면서 그 구멍을 메워줬습니다
그게 짜루와의 첫 만남이었습니다

저에게 위로가 되어준 이 검은 고양이가
많은 분들에게도 위로가 되어주길,
그리고 많은 분들께 사랑받길 바랍니다

2023년 고돌댁

차례

누나
현타 제대로 맞은 번역가.
항상 자존감 바닥인 상태로
살다가 우연히 깜장 고양이를
만나게 되고, 삶의 새로운
의미를 발견하게 된다.
짜루
겁 많고 소심한 깜장 고양이.
사람들은 짜루를 까매서
재수없다고 싫어해!
세상도 무섭고 사람도 무서워….
과연 짜루에게
가족이 생길 수 있을까?

엄마

정 많고 요리 솜씨 훌륭한
대한민국 엄마.
화가 나거나 흥분하면
전라도 사투리가 터진다.
어릴 적 기억으로 동물에게
쉽게 다가가지 못한다.
그런데, 자꾸 짜루가
눈에 밟힌다.

아빠

파란대문집 가장.
겁은 많은데 눈치가 없어서
엄마에게 늘 혼난다.
고양이 공포증이 있다.
그런데 퇴근하고 돌아왔더니
깜장 고양이가 집 마당에
있다! 어떡해. 무서워….

신문 배달 청년

말이 필요 없는 본투비 냥덕!
솔직히 말해봐요.
동네 고양이들 보려고
신문 배달하는 거죠?

짜루를
보신 분은
예뻐해주세요

음식물
OO구청
빵!
에잇
검은 고양이가
재수없게!

연필 한 자루만 있으면

그릴 수 있는 짜루는

겁이 많고 소심한 깜장 고양이예요.

짜루가 처음부터 겁이 많았던 건 아니에요.

에잇!

아무래도
이 까만 털이
문제인 것 같아.

지워야겠어.
이 까만 털!

어쩌지? 안 지워져!

나는 나쁜 고양이라서 까만색이 안 지워지는 거야.

나쁜
까만 털!

짜루를 보신 분은 예뻐해주세요
이름 : 짜루
사는 곳: 아무 곳
특징 : 깜장색 길고양이
성격 : 사람을 무서워하고 겁많고 소심함

짜루를 보신 분은 예뻐해주세요
이름 : 짜루
사는 곳: 아무 곳
특징 : 깜장색 길고양이
성격 : 사랑을 무서워하고 겁많고 소심함

짜루를 보신 분은 예뻐해주세요
이름 : 짜루
사는 곳: 아무 곳
특징 : 깜장색 길고양이
성격 : 사람을 무서워하고 겁많고 소심함

짜루를 보신 분은 예뻐해주세요
이름 : 짜루
사는 곳: 아무 곳
특징 : 깜장색 길고양이
성격 : 사랑을 무서워하고 겁많고 소심함

두근
두근
두근
두근

사는 곳 : 아무 곳

짜루를 보신 분은 예뻐해주세요
이름 : 짜루
사는 곳 : 아무 곳
특징 : 까만색 길고양이

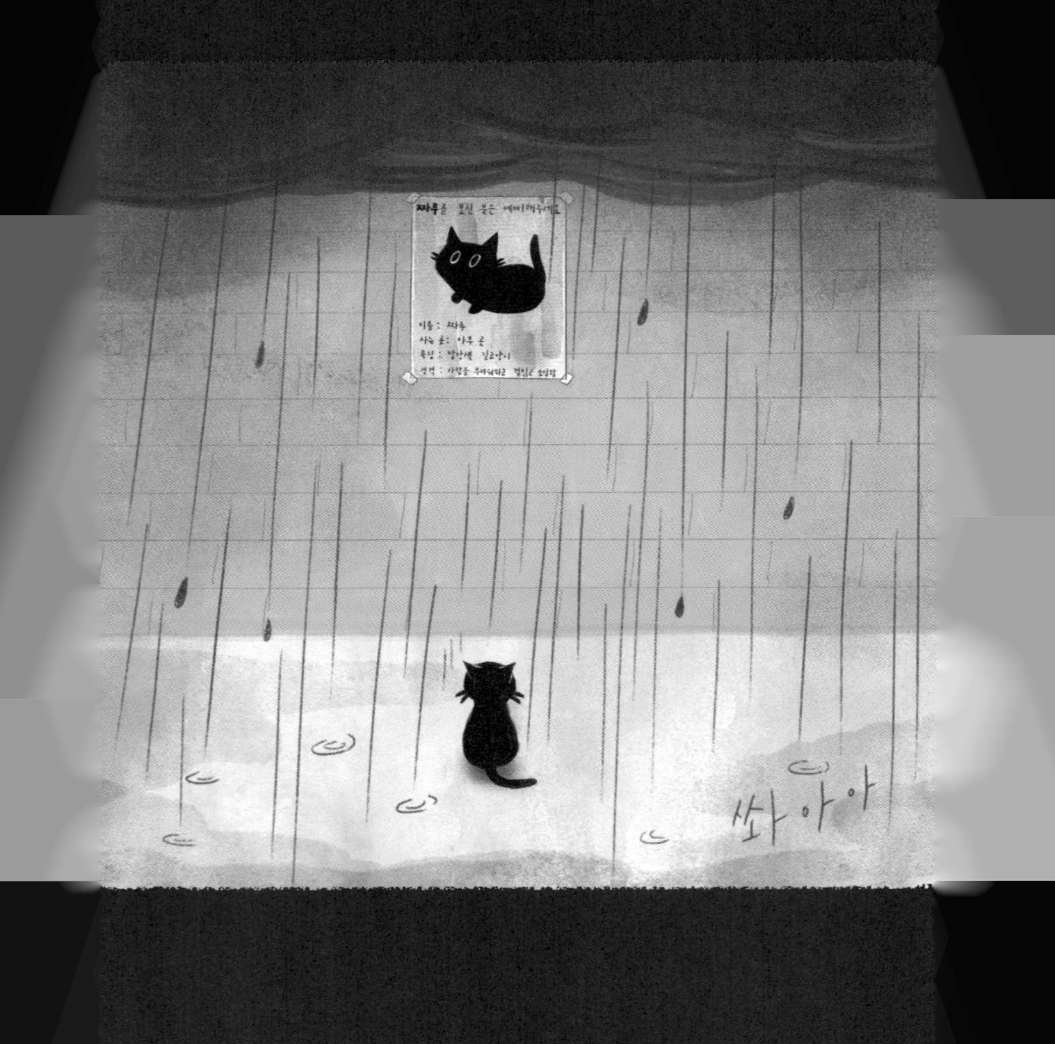
짜루를 보신 분은 예뻐해주세요
이름 : 짜루
사는 곳: 아무 곳
특징 : 깜장색 길고양이
성격 : 사람을 무서워하고 겁많고 소심함
쏴아아

짹짹
짜루를 보신 분은 예뻐해주세요
이름 : 짜루
사는 곳 : 아무 곳
특징 : 깜장색 길고양이
성격 : 사람을 무서워하고 겁많고 소심함

짜루를 보신 분은 예뻐해주세요
이름 : 짜루
사는 곳 : 아무 곳
특징 : 까만색 길고양이
성격 : 사람을 무서워하고 겁많고 소심함

짜루를 보신 분은 예뻐해주세요
이름 : 짜루
사는 곳 : 아무 곳
특징 : 깜장색 길고양이
성격 : 사람을 무서워하고 겁많고 소심함

꾹 꾹
짜루를 보신 분은 예뻐해주세요
소심함

짜루를 보신 분은 예뻐해주세요
소심랑
빵!!

빵

자루를 보신 분은
이름 :
사는 곳 :
특징 :
성격 : 사람을

이름 : 자루
사는 곳 : 아무 곳
특징 : 까칠해, 길고양이

이름 : 짜루
사는 곳 : 아무 곳
특징 : 까만색 길고양이
성격 : 사람을 무서워하고 겁이 많음

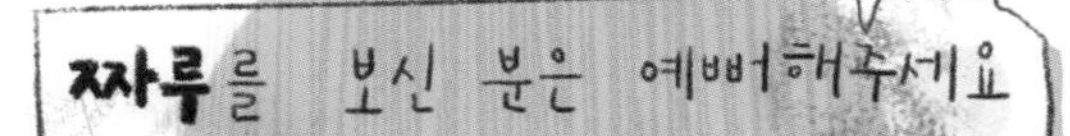

짜루를 보신 분은 예뻐해주세요
이름 : 짜루
사는 곳 : 아무 곳
특징 : 깜장색 길고양이
성격 : 사람을 무서워하고 겁많고 소심함

짜루…?

짜루??

짜루를 보신 분은 예뻐해주세요

우
와

진짜 똑같이 생겼어!!

넌 까만 털을 가진
멋진 고양이구나?

까만 털

까만 털
까만
까만 털
까만 털
까만 털
까만 털
까만 털
까만
까만 털
까만
까만 털

까만 털
까만 털
멋진
고양이
멋진
까만 털
까만
멋진
멋진
까만
고양이
멋진
멋진

까만 멋진 고양이!

야옹

나는 저기
파란 대문집 살아.

또 보자!

킁킁

꼼지락
꼼지락
뭐라고?
깔깔
보글보글

앗 뜨거워!

후
후

응?
너 혹시 내가
무서워?
야-옹

자, 그럼
여기서 먹어.

츄르릅

휙 휙
뭐? 나보고
저리 가라고?

야옹
끄덕
나 원…
참…

허겁지겁
부르릉~
벌떡
허겁지겁
그럼 내일은
뭘 먹일까?
고양이 먹이 줄 때
주의할 점은?
"도리는
염분
싫어!"

뭐? 염분이
고양이한테
안 좋다고??

짜루 안 돼!
꿀꺽

냐 - 옹

뱉어!!!
아이고 내 정신 좀 봐!
내가 수다 떠느라
고등어를 한 마리밖에
안 구웠나 봐~

고양이 사료
CAT
주문해주셔서 감사합니다.
사진

짜루
안 돼!

뱉어!
냐아?

하필 왜
자반고등어를
먹인 거야!

물 가져올게.

그래서 고등어
다시 굽잖아~
깔깔
칠랑

짜루 잘 먹네.
고등어가
엄청
짰나?

그렇다 쳐도
너무 많이
마시는 거 같은데….
흐음

촵 촵

그래! 짜루, 너~
물 마신지 오래된 거지!

야-옹

하…
그랬겠구나.

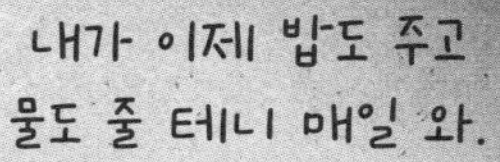
내가 이제 밥도 주고
물도 줄 테니 매일 와.

찰칵

내일도
꼭 와야 해.

내일도
만날 수
있을까?

두근
두근 두근
두근

또르르
스윽
어디 가?
바람 쐬러~

엄마가 알면
난리나겠지.
휴

조심
조심

헤헷

두근
두근

짜루!!

짜루?

없네….
텅…

쑤욱

읏챠

짜루!!

야옹!

짜루~
빱빠 먹자!

신기하게
생겼다옹!

킁킁
맛있는 냄새
꼴깍

빤히…
알았어.
비켜줄게~

냥냥냥냐암 ♪
어? 어?
쏴아아
냥냥

삭막하던
이 골목에
가을 냄새가
날 때가 다 있네.
그치, 짜루야?

야옹!

기다린 거야?
야옹
으쓱
기특하니까 이거 줄게.
신기한 거...
킁킁
할짝

츄르릅

냥냥 냐앙냥♪

쭈웁
쭈웁

쭈왑
쯉쯉
그렇게
맛있어?

짜루, 너
코에 묻었잖아~
풉
??
아니, 여기 말야.
여기!
…!
톡
!!

앗! 짜루
미안해.
만지려던 게
아닌데….

…

근데, 너 왜…

도망
안 가?

이거
뭐지?
나
왜 이래….
두둑
툭

이게 도대체
무슨 상황이야~
야옹

내가 이 시간을
좋아하는 이유는
저벅
저벅

저벅
저벅

짜루!!

짜루를 크게 볼 수 있기 때문이다.

이 시간은 마치 짜루로
가득한 것만 같다.

야옹
짜...
에잇! 퉤!
재수없게
검은 고양이가!

많이
놀랐지?
후다닥
우에엥

짜루, 네 일상은
이랬던 거야?

짜루야,
사람들이 널
괴롭히는 건
말이야….

내가 까매서?

네가 까매서가
아니야.

사람들 마음이
까만색이라
그런 거야.

내 잘못이…
아니야?

그럼
내일 보자.

어디에
있지?
!!

생각할수록 열받네.
침을 왜 뱉어?
구시렁
구시렁

한마디 해줄 걸!
아니야. 짜루를
위해서 참아야지!
야옹
야옹

에옹
데헷!
짜루?
어떻게 온 거야?
기다려.

기다려!

엄마!!

된 장

된장?!
뭐야. 방금
욕한 거야?

응?

된장 푸러 가야 하는데.
으~
춥다.
총 총 총

휴우

휴우

그 고양이

꼴
깍

네가 밥 주던
그 아이니?

엄마!
알고 있었어?

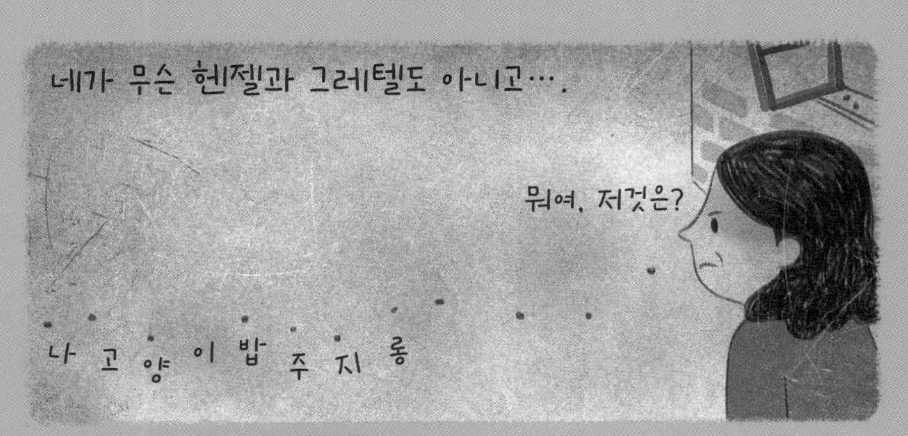
네가 무슨 헨젤과 그레텔도 아니고….
뭐여, 저것은?
나 고 양 이 밥 주 지 롱

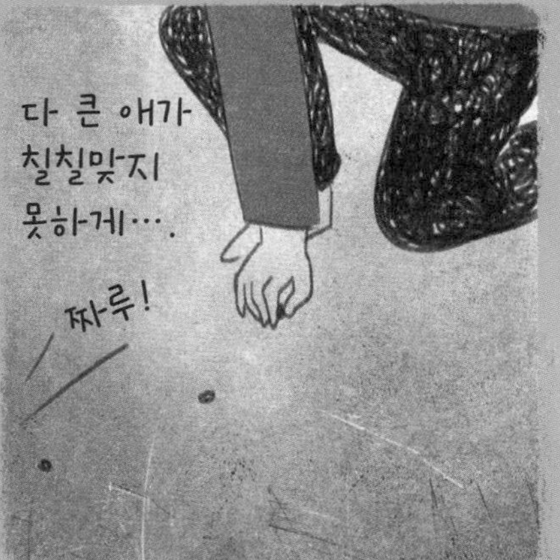
다 큰 애가
칠칠맞지
못하게….
짜루!

'짜루! 야옹해봐~'
같은 소리하고 있네.

뜨끔
엄마, 짜루 마당에서
살게 하면 안 될까?
탁

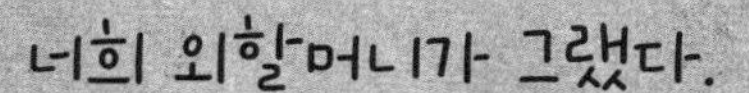

한번은 마당에
구렁이가 들어왔는데

살살 달래서 보내더라니까?

뭐를?
오메…
니 여지껏
몰랐냐?
저벅 저벅

고...고양이!
고양이~

살려줘~!
네 아부지가
고양이를
허벌나게
무서워하잖여.
쯧쯧
도대체
우리 집에
고양이가
왜 있는 거야!!

고양이
내보내줘~!
아휴~
쟤가 당신 안 잡아먹어.
들어가. 들어가!

우리 꼬꼬는
잡아먹었단 말야.

짜루 꼬꼬
안 잡아먹었어!

꼬꼬를 쟤가
잡아먹었어?
찰싹!

꼬꼬한테 했듯이
나도 물겠지!

도대체 꼬꼬가 누구야?

네 아빠가 어릴 때 키운 병아리.
아…
이런….

고양이는
맹수야! 내가 봤어~

짜-루!

가-지마.
기다려.

너 기다리는 거 잘하잖아.
내가
어떻게든
해볼게.

조 ― 용
깨작깨작
짜루
마당에서 살게 하면…
안 - 돼.
꼬꼬 일은 안 됐지만
짜루 잘못이
아니잖아!!
나한테
털 세우는 거 못 봤어?
걔네들은 원래…

아니제!!

입은 비뚤어졌어도 말은 똑바로 허더라고.
당신이 먼저 소리를 질러분께
고양이~

짜루 고것이 놀래부러서
털을 세운 거 아니여!!

당신은 꼭 이럴 때
사투리가 심해지더라?
어머! 내가 그랬나?

살겠다잖아….
아니, 지가…
살려달라잖아.

짜루가 물긴 뭘 물어.

까맣다고 사람들이
하도 해코지해서
에잇!

사람만 보면 벌벌 떠는 애인데
짜루는 왜 계속 고생만 해야 돼?

타앗
끼이익
아니, 얼마나 못났으면 지보다 약한 동물을 괴롭혀?!
대신 집 안으로 들이면 둘 다 묶어서 쫓아낼 줄 알아!

짜루, 그 자리에 있는 거지?

우리 약속했잖아.

짜루!
그동안 고생 많았지?

사랑하는 내 고양이야.

끔뻑
끔뻑

여긴 춥지 않아.

이렇게 따뜻할 수도
있는 거야?

여기 있을 거야.
와락

아무 데도
가지 않을래.
꽈악

스윽
도대체 어떤 놈들이 괴롭힌 거야?
...?
?
?
후아 후아
쯧쯧

밥
식겠다!
아! 응~
짜루 밥도
갖다줄게.
야옹

쏴아아

쏴아아
바람 냄새…
킁킁
아, 맞다옹!
짜루 냄새
스윽
부비
짜루!
바빠?

짜루! 오늘은
여기서 자자.
사 과

킁킁

따뜻하고
포근해.
그릉 그릉
스르르...
사 과

z z z
사 과

내일은 더 좋은 집을
지어줄게.

이제
짜루의
겨울은
춥지 않아

크흠…

후~

어제 말한
그거 좀 줘바라.

여기
있습니다!

아빠,
잘할 수 있어!
그래. 꼭
살아서
돌아오마.
꼬옥
철컥
잘 다녀오세요.
오냐.
스윽

히익

워우
깜짝이야!

그래!
지금이야!
야옹

지이이익
닭가슴살
옛다! 받아라!

이 냄새는
킁킁

닭찌찌살!

응냥냥

저리로 가버렷!
냥냥
휴…
다행히
작전이
먹혔어.

작전이
먹혔어.
작전?
오물
오물

닭찌찌살!

착한 사람!

저러면 보통 사람을
더 따르게 되지 않나?
네 아빠 생각 짧은 게
어디 하루 이틀이냐?

두근
두근

짜루!!

야옹

닭가슴살 먹고
기분 좋아?
응!

두유

그럼, 이거
내가 쓴다!
어!

꽤 크네?
그럼 구멍을 작게
뚫어야 겠다.

슥 슥 슥

이놈 지지배~
그러다 감기 걸린다!
김장 비닐
찾았어?

네 눈엔 내가
김장 비닐로 보이지?
아주 그냥!
오늘 밤부터
추워진다잖아~
아악

뭐 어떻게
하면 되는 건데?
단열재 좀
잘라줘.
그르릉

이걸 내부에 붙이면
보온이 되거든.
단열
뽁뽁이

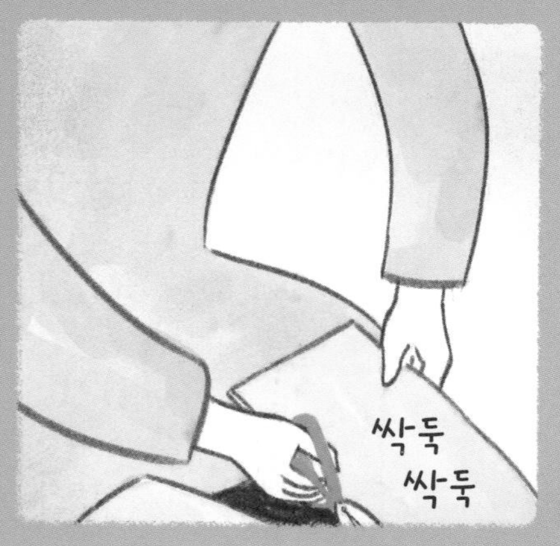
싹둑
싹둑

야! 짜루 좀
데려가라.
아 맞다.

짜루! 이리 와.
엄마는 동물 못 만져.
냐앙?
쭈우욱

마지막으로
김장 비닐을
둘러주면….
완성!
짜루야,
들어가 봐라.
킁킁킁

어?
엄마가 웃네?
찌잉…
스-윽

마음에
드는갑다.
응
그릉
그릉

후…
침착하자.
어이
고양이!

후다닥

하하하!
성공했다!

아빠!
고생했어요.

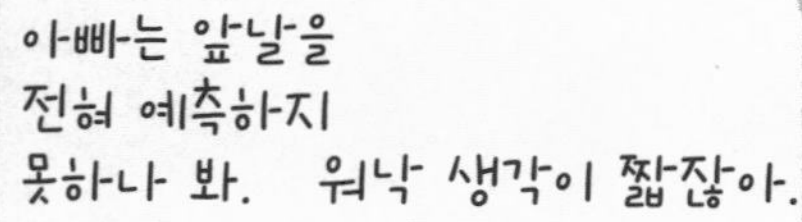
아빠는 앞날을
전혀 예측하지
못하나 봐.
워낙 생각이 짧잖아.

마음에 드는
사람이 생겼다옹.
오물오물

짜루!
잘 잤어?
야옹

집은 따뜻하고
좋아??
야옹

감기 걸리면 안 되니
핫팩 갈아줄게.
핫

...

<전날 밤>

잘 자.

z z z

아…
HOT PACK

그럼 이제
간식 먹자!
야옹!

또! 또!

묻다
묻다
묻다 …
와앙-

아악 왜 때려!!

씨익 씨익
왜! 짜루한테
가서 내 딸 좀
물어 달라 하지?

하여간
겁은 많아 가지고.
쯧쯧 ...
꿱!!
당신은 아예
동물 만지지도 못하면서!!

내가 그 얘긴 꺼내지
말라고 했어, 안 했어?
으윽

구시렁
구시렁
왜 안 물지?

그렇게
맛있어?

응!!

<그날 밤>
짜루!
잘 자!!
잘 자.

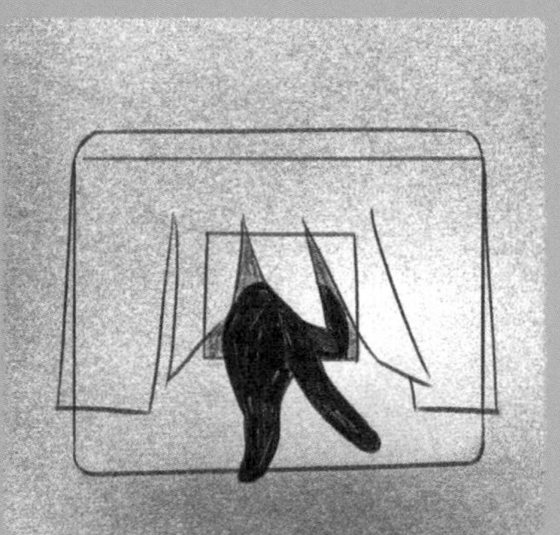

감기 걸리면 안 돼.

그럼 걱정한단 말야.

z z Z

꾸벅
꾸벅

꺄아앙~

잡아보시든가~
대체 나한테 왜 그래!!

까악까악

또 왔네.
또 왔어.

까악~
내 영역이야.
나가!
뭐?
까악~
짜루
집이야!
감나무집은
내 꺼야.
나가!!

까치밥을 남겨줬음
조용히 먹고 갈 일이지!
어디서 행패야!

조용히 먹고
갈 것이지!!

뭐ㅔ~

두고 보자,
야옹이!

어이, 고양이.
깜짝
야-옹

가까이
오지는 말고!!
힝…

머리를 써야지.
안 그럼 너,
쟤 못 이긴다?

머리를…?

<다음 날>
야! 거기서
뭐해! 깍~

기다리고 있었다!!

촤앙
야! 너~
푸드덕

슥삭슥삭

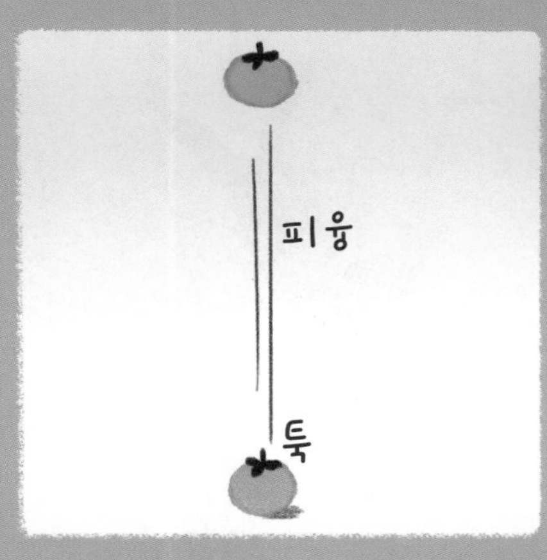
피융
툭

안 돼!
철푸덕

푸드덕
내 홍시!!

자꾸 괴롭히면
다 떨어뜨릴 줄 알아!!

얄미운 자식!!

그러게 마음 좀
곱게 쓰지.

기분 좋아~
우다다다

…음

이긴 거야?
이긴 거지?
아이구~
장하다!!
아빠, 아까부터
저기서 뭐해?
이젠 나도
모르겠다.

오물오물
냠냠

냥냥

통닭

통닭

허허
기다렸나 보네.
통닭

까루야….

짜룬데용?

오늘은! 닭가슴살이 두 개!

일단 지금은 까루 해볼게용!

어째… 우리끼리만
먹기 미안하네.

괜찮아.
와앙-

내가 까루
닭가슴살
두 개 주고 왔어.

까--루?
뭐여,
그 근본 없는
이름은!

설마…
짜루?

까루라고
불러도 오던데?
뻔 뻔

그럴 리가…
짜루 고것이
얼마나
야물딱진데…

이따 보여주던지
해야겠구만!
통닭

까루라고 불러도 온다니깐?

그럴 리가 없대도.
짜루가 얼마나
똑똑한데!

짜루!

냐앙

아빠가
불러 봐,
그럼.

까루~
이리
와 봐.

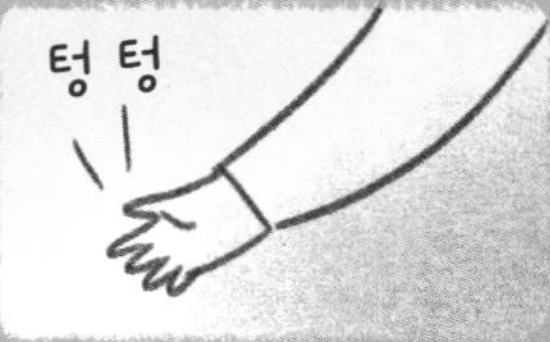
텅 텅

빈손이시네옹?

까루!!
어서~
피식

멀뚱
멀뚱

픕
짜루라구용!
히…잉
닭가슴살
때문이었던 거야?

읏차
무슨 일이냐옹?!

응?
내 집!!
짜루가 뭐
잘못했냐옹?

아무래도
여기가 낫지!

앞으론 여기서 자라.
벽이 양 옆에 있어서 덜 추워.
쫓겨나는 줄
알았네.
휴…

마음에
드냐?
야옹

짜루 집 아빠가 옮겼어?
응. 여기가 덜
추울 거 같지?
아빠…

자, 여기.

호로록
캬~ 역시
다방
커피지.

호록
호록
호록
호록
내가 오라고
할 땐 오지도
않더니!

언제는
오지 말라며.
글쎄…

??
그래, 너!
짜루 좀
잡고 있어봐라.

도망 못 가게
잡고 있어봐!
아… 응.

이러면
따뜻하겠지….

뒤뚱
뒤뚱

오뚝이냐?
짜룬데옹!
크큭~

에이~ 오뚝인데?
짜루다옹!

?
아, 그래!

?

그럼 눈사람이냐?

어휴… 못 말려.
나보다 어리다니깐~
대체 나한테
왜 이러세옹?

올 겨울은 그나마
따뜻해서 다행이네.

올해도 오늘로
끝이다. 이놈아.
하긴 벌써
그렇게 됐네.

여러분, 새해가 밝아오고 있습니다.
응징해주마!
콰직

십! 구! 팔! 칠!

끼익
대엥~
대엥~

새해 복 많이 받아.
모두들!

야 옹!
잘 자웅.
모두들

꾹꾹
좋은 냄새
스르르

슈-웅

너 또!
왜 왔어!!

이제 홍시도
다 먹었겠다.

복수하러 왔다~
깍!

끼야앙
까악
또 왔군…

가만 안 둔다.
진짜!

짜루야~

오늘은 까치
설날이니
좀 봐줘라.

억울

왜 고양이
설날은
없는 거냐옹!

들었지?
끼룩 끼룩~
휙

이것이 바로
너와 나의
클래스 차이다!
씰룩 씰룩
뭐?

나는 길조니까!
왜 같은
까만색인데
쟤는 길조고. 나는…

그리고
까순이 네!
뭐? 까순이?

짜루 괴롭히면
혼쭐날 줄 알아!

거기서 뭐해요.
밥 안 잡숴요??

가요. 가!
내 떡국♡

푸드덕
이 양반아~
내가 왜 까순이인지
설명은 하고 들어가야지!

나! 남자라고~

강인한 수컷이란 말이다!
파닥 파닥

아오, 억울해!
둥둥
오호,
그렇단
말이지?

까순아~

까순이
이리 와봐~

까순 까순

아아악~
듣기 싫어!

내가 다신 이 집에
오나 봐라.
펄럭
벌써 가게?

잘가! 멀리
안 나갈게~

짜루가 또 이겼어!
우다다다

까순이는
갔나…?

허허… 대신
우리 짜루가
왔구나.

봄
햇살처럼
포근하고
따뜻해

끼야옹!!
깜짝
우에에엥
이야아앙
봄이
가까워져서
그런가?

짜루 내일 중성화라서
오늘 밤부터 금식입니다.
오메…

시무룩…
아빠, 반응이
왜 그래?
아냐. 닭가슴살
주고 올게….
아무것도 모르고
불쌍한 녀석!
크흑
냠냠

저기… 그거
꼭 해야 하냐?
뭐, 중성화?

해야지….
저번에도
싸우다 다치고.
이젠 안 하면
안 돼.

짝짓기한다고 뛰쳐
나가기라도 하면 어쩌려고!
아고~
무서….

그럼 얼른
해줘라.
응, 너무
걱정마세요.

사실 나 두려워….
수술 후에도
네가 날 믿어줄까.
냠냠
다시 마음을 닫아버리면 어쩌지?

<다음 날>
딸깍
잘 다녀오세요.

냐 앙

인석아…
오늘은 없다.
닭찌찌는?

이래도
없냐옹?

없어요. 없어~

오늘은 다들 사냥을 못했나?
텅

<잠시 후>

다녀오겠습니다.
후아…
에구…
짠한 것.

수술이 끝났을 텐데….
잊지말자 집에는
먹여살릴 고양이가 있다

왔다!!
지잉~

딸
수술 잘 마치고
퇴원했어요.

그래,
고생했다.

비틀
비틀

이게… 왜
내 맘대로
안 되지??
휘청

짜루야,
많이 무서웠지?
미안해….

··· 레

고마워.
내 고양이야.

OO신문
처억
나이스 샷!

왔다!
부르르
스윽
으쌰
으쌰
OO신문

골골골

짜루야
왜옹?

헌 집 줄게.
새 집 다오.

짜루가 먼저
분양받았는데옹?

그럼 뭐
어쩔 수 없지.
주섬
주섬

반짝거리는 거!

폴짝!

좋아!
걸려들었어!!

넌 매번 그렇게 당하냐?
OO신문
앗!!!

씨익 씨익

다음엔 절대 안 당할 거다옹!

OO신문
평생보장되는
냥 보험
탁!
좌악
동물보호법
강화하라
〈동물보호연합〉
OO신문
평생보장되는
냥 보험
앗!

이런… 실수를
하다니!
저벅저벅

···
···
!!
쌩
으악

… ㄹㄹㄹ

야옹이?
맞으면 야옹~해봐.
날 쉽게 야옹~하는
고양이로 보는 거야, 뭐야!
스윽
응?
우오오!

새 집!!!
맞네,
고양이.
깜짝!
후다다닥
와…
태어나서
검은 고양이
처음 봐!!

내일
또 보자!

짜루야
오늘은 왜
신문 안 깔고 있…
우에잉~

사, 사, 사,
사람이 날
봐버렸다옹!

왜 이렇게
놀랐어?
토닥
토닥

오늘은 새 집에서
놀려무나.

무슨 일인진 몰라도
우리 집 안에만 있으면
안전하단다.

여기에만 있으면 안전해.

짜루도 알아
여긴 안전해.

킁킁~
새 집 냄새

z z z
스르르

<다음 날>
신문

소소소소 손! 인간의 손!

야옹아,
내일 또 봐!
응? 그냥
가네?

잠깐!
어제도
그렇고….
저 사람이 오면
새 집도
오는 건가?

저벅 저벅
따르릉

우와! 새 집
엄청 많아

WOW!

좋은 사람!
읏챠

골골골

<잠시 후>
우왓

또 속았지롱~

오늘 뉴스는 뭘까나?

응?
툭

냥쭈
제가 마음대로
먹이기가 그래서
실례가 안 된다면
고양이한테 먹여
주실 수 있을까요?

흐음…
뚫어져라~

짜루 너…
막 사람
홀리고 다니냐?

내가옹?

아니다옹!!
억울

이걸 어떻게
설명해줘야
하나….

짜루야
냐앙?

여기 봐봐.
탁탁

이거를…
OO신문

이렇게 열면…

헛!!

쭈루가 뙇!
알아듣겠어?

그러니까…

응응응응!!
끄덕
끄덕

킁킁

쭙쭙

마지막
한 방울까지
먹어주는 게
예의다옹.
살뜰
알뜰

야물딱지게도
먹네. 허허

어제 준 간식은
먹었으려나…?
엇!

O.K.

…

그렇다면야…
쏘옥

왔다!!!
옳지!

내일

또 만나옹
골골골

쭈왑
쫍쫍

역시
조깅 후엔
요구르트지.

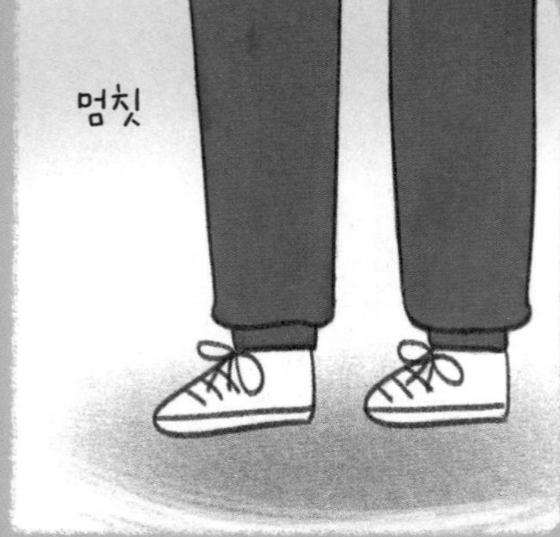
멈칫

응?

야옹아!
얼굴 좀
보여줘~
어제 간식은
잘 먹었어??
잘 먹더군요.
…?
쪼로록
으악!

뭘 그렇게
놀라시나?
여태 우리 고양이한테
간식 준 게 자네지?
아, 네!!
실례가 많았습니다.
자전거는
저 쪽에 있는데~.

그냥 가면
내가 섭하지.
부스럭
주섬주섬

자, 마셔요.
아, 예….
감사합니다.

들어와요.
네?

들어오라니깐?
아, 네!

그럼… 실례
하겠습니다.
끼이익

왜 둘이 같이
들어오는 건데?!

우리 애가
길에서 고생을
많이 해서 그런가
경계가 심해요.
아…

짜루, 뭐해?
인사해야지!
!!

야옹

짜루라…
부를 이름이
생겼네?

짜루 안녕?

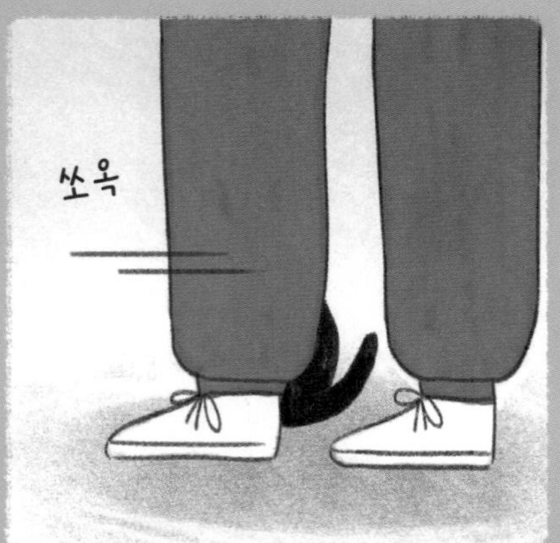
쏘옥

예끼, 이 녀석아!
그 동안 얻어먹은 게
얼만데 밥값은 해야지!

짜루가 밥값도
해야 하는 거냐옹?

괜찮습니다.
이렇게
본 것만으로도
만족하지만!
뒤적뒤적

짜루! 이거
먹어볼래?
꿀꺽

짜루가 좋아하는 건데 어쩌지?

에잇!
모르겠다.

그럼 가보겠습니다.
짜루, 안녕!
잘 가게.

톡!!

?

엣 취

우다다다

잡았다!
꾸욱

아이 신나~

짜루!
거기서 뭐하냐?

우다다

거기서 놀지
뭐하러 여기까지 와?

짜루랑 같이 놀자용!

슥슥

이렇게 하면
되는 거냐?
오오!

그렇지옹~
폴짝

찰칵

뭐해? 너도 사진만
찍지 말고
이리 와.

음~ 맛있다!

빤-히

짜루 냄새
맡고 싶어?
도리
도리

앗!!
탓

데굴

굴리고
놀 거예용~

저러니 그렇게 먹어도
살이 안 찌지!
하긴 짜루가
많이 먹긴 하지?

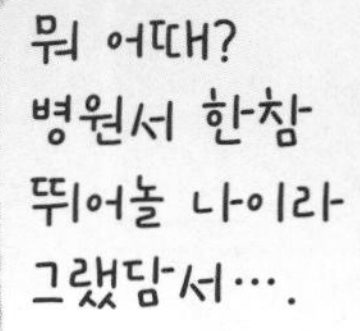

뭐 어때?
병원서 한참
뛰어놀 나이라
그랬담서….

먹은 만큼 뛰어노는 거라
괜찮아. 그치, 짜루야?
꿍실 꿍실

꾸-욱

역시, 같이 살길 잘했어….

야-옹

짜루!
짜루 보러 나와!

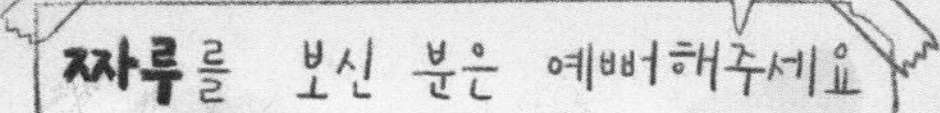

이름 : 짜루

사는 곳: 아무 곳

특징 : 깜장색 길고양이

성격 : 사람을 무서워하고 겁많고 소심함

여름,
우리도
서서히
영글어 가요

쏴아아
멍…
흠칫

휙
에구머니나 내 정신 좀 봐.
드르륵
된장국을 그냥 올려
두고 왔네.
내가 껐어. 그나저나
엄마… 괜찮은 거지?
응…. 그래.

이맘때쯤 엄마는 말이 없어진다.
오디청
담그려고?
응.

어디… 얼마나 익었나 볼까?

음~
달다. 역시
다 익었어.

툭

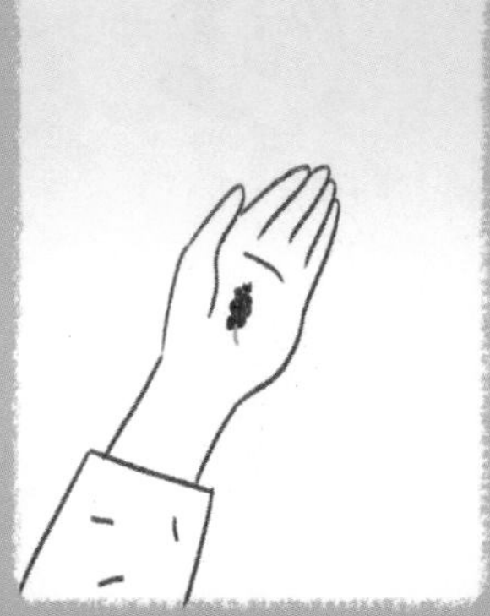

아직은
아니여….
오물 오물
아닌데….
다 익은 거 같은데?
오물오물

아이고, 내 정신 좀 봐.
깜빡 두고 온 게 있네.
스윽

짜루야, 엄마한텐 아직까진
시간이 더 필요할 거야.

어릴 적 우연히 검은 강아지를
본 적이 있었다.
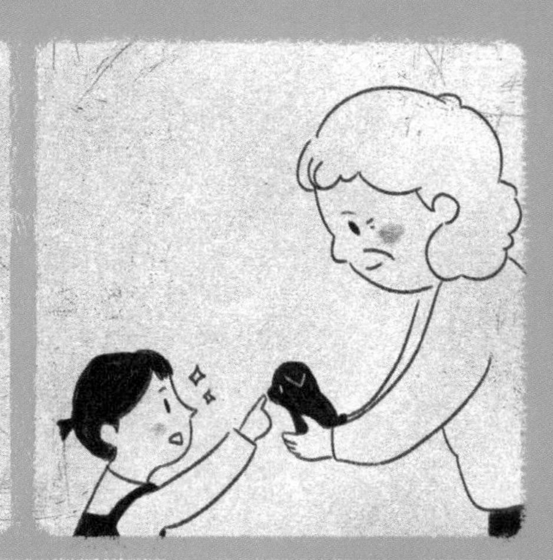

어릴 땐 그게 참 이상해 보였다.
아휴, 이뻐라.

엄마는 분명 동물을 좋아하는데도
일정 거리 안으로는 들어가지 않았다.
좋아하는 거
맞는데
참 이상해.

검은 강아지를 만난 날,
엄마는 밤새 앓았다고 한다.

마당 있는 집으로 이사 온 날,
아빠는 엄마를 위해 뽕나무를 심었다.
잘 부탁한다~

첫 열매가 익었을 때 엄마의 눈은
아직도 잊을 수가 없다.
드디어
열렸네…

그 후로 매년 엄마는
손톱이 까매질 때까지 오디청을 담궜다.
올해도
잘 부탁헌다.

나는 어른이 되고 나서야 엄마를 이
해하게 되었다.
쏴아아

댕그랑
댕그랑
휙

왜 이렇게
안 잡히냥?

댕그랑
댕그랑

끔벅
끔벅
으음...

···오···디?

오디야!

아이구
오디야!
멍멍!

오냐, 오냐. 그래….

우리 오디
얼굴 좀 보자

그대로네.
이쁜 내 새끼….

왜 이제 나타났어.
내가 얼마나 기다렸는데….
후두둑
후두둑

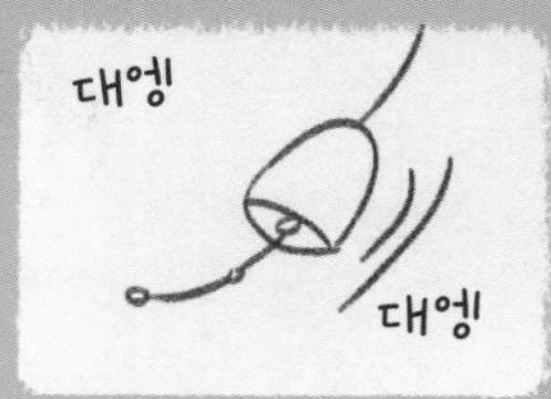
대엥
대엥

야-옹

그래, 짜루야. 나도 안다.
오디가 이제 떠날 시간인가 봐.

오디 이것아.
네가 꿈에서라도
찾아오기 쉬우라고

뽕나무까지 심었는디

꿈에 한 번을
안 나타나더니만

이제서야
나타나네….
하늘에서
우리 엄마랑
노느라
바빴는가….

…

괜찮아?
몸살인 거야?
끄응…

오늘 까만 강아지를 봐서인지
오디가 많이 생각나네.

근데… 꿈에
한 번을 안 나타나.
흠….

더 무서운 게 뭐냐면
이제 오디가 흐릿해진다는 거야.

이러다
꿈에 나타나도
못 알아보면 어쩌지.

분명 알아볼 거야.

남편은 몇 년 뒤 마당 있는 집을 샀다.
여보,
뭐해요?

오디야, 네가 좋아하던
뽕나무를 심었다.
꼭 한 번 놀러와줘.

엄…마!

응?

오디가
왔었어.

오디?

오디가 이제
자기 그만 기다리라고
짜루를 보내줬나 봐.
야-옹

고맙다.
짜루야.
네 덕에
오디도 보고.

냐-아?

우리 오디도
이렇게 따뜻하고
부드러웠어.

응….

오디가 짜루도
자기만큼
사랑해달라고
왔나 보다.

안 그럼 나중에 짜루 보기 미안했나 봐.

그런가벼….
착한 것이….

투둑
툭!

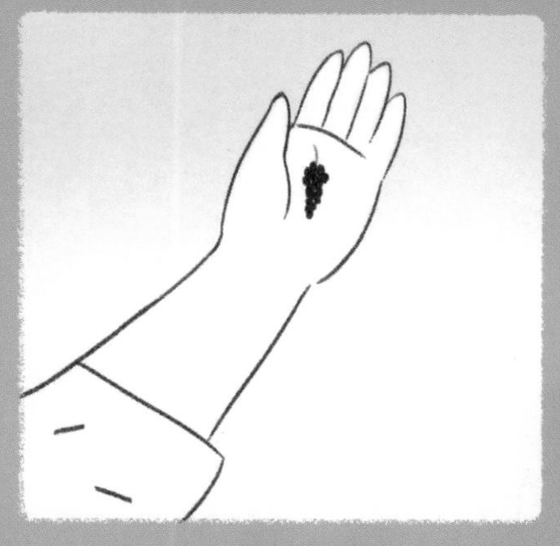

...
다 익은 거 사실은
알고 있었지?

그래.
참으로 달구먼.

매엠 - 멤
왜~? 거기서
빤히 보고 있어

옜다!
가져가서 놀거라!

짜루 장난감!!

쏴아-

크아-
좋다!
쭈왑

올해는 토마토가 풍년이네.
풍년일 수밖에 없지.

뜨끔
당신이 토마토만
잔뜩 심었으니까!

대체 올해는 왜
토마토만 심은 거야?
왜겠어~ 너희 아빠가
짜루한테 해로운 건
심으면 안 된다고

토마토만
잔뜩 심었지 뭐냐!
팔락
팔락

내가! 어? 나름대로 생각해서, 어?
찰토마토, 대추토마토, 방울토마토
종류별로 심었는데~ 그러면 섭하지!

그러니까 그게 다
토마토만 심은 게
아님 그것이 뭣이여!

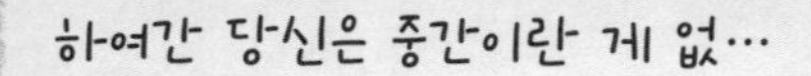
하여간 당신은 중간이란 게 없…

쏘옥

어때, 맛있지?
응
끄덕
사각
사각
올해는
대성공이라니까!

짜루가 벌레를 다 잡아줘서
병충해가 없어요. 글쎄~

짜루가
또 잡았어?
냐-앙

벌레들의
명복을 빕니다.
툭툭

짜루도
이놈들
잘 보내주거라.
냐옹~

잘 묻어줬으니
서운해하지 마라.

띠링
띠링♪
엄마 전화
오는 거 같은데?

오메,
지숙이냐?
잘 지냈어?

서걱 서걱
통화 오래
걸릴 것 같지?
응, 가져올까?
가져와~
무슨 꿍꿍인 거냐옹?
쉬잇,
그런 게 있다!
SU
샤리링-

크으,
달다~
으악
맛있어!

너네 엄마는
이 맛을 몰라.
맨날 혼내기만
하고 말야.

토마토가 얼마나
건강에 좋은 건데!
그럼, 그럼.
그치? 짜루야~

토마토에 설탕 뿌려 먹고
할 소린 아닌 거 같은데용.

매엠- 맴
오물
오물

다 먹었냐?
응.
그럼 마무리하자.

호로록
꿀꺽 꿀꺽

역시
맛있어.
아이고
좋다~

그래서 가을쯤
놀러 온다고? 나야 좋지!

토마토가
엄청 다네~
농사 잘 지었네?
사각
사각

있자나옹.
방금 무슨 일이 있었냐면….
야-옹
야-옹

짜루, 우리
오뎅꼬치
놀이할까?
쉬-잇

짜루는
알고 있다구옹~!
얘가
왜 이래?
그렇게 완전 범죄가 이뤄진
어느 여름날이었습니다.

드르렁
드르렁
여 봐.
여 봐.
컹
응?
왜 자는 사람을
깨우고 그래…

토마토는 키워도
되는 식물이람서?
그렇지.
하여간
하나만 알고
둘은 모른다니깐!
쯧쯧….
여기 봐봐!
응?
고양이가 같이
키우면 안 되는 식물
토마토 : 토마토의
줄기와 잎, 꼭지
에는 독성이 있어
결막염과 피부염을
일으킵니다.

뭐야! 토마토는
고양이가 먹어도
된댔는데….

짜루를 위한답시고 한 게
이렇게 됐네….
어쩌지? 사방이
토마토 천지인데….

뭐, 어쩌겠어. 장마 지나면
어차피 시들삐들
해질 것인디~

짜루 고것이 풀떼기는
쳐다도 안 봐서
다행이지 뭐!
그렇긴 해….

그나저나,
당신!!
또 왜~

이거 뭐여!
설탕
SUGAR

설탕에 발이 달린 것도 아니고
왜 이리 줄었어?
설탕
SUGAR

또 토마토에
설탕 뿌려 먹었지!
글쎄~

이럴라고 토마토만
잔뜩 심은 거 아녀?
아, 글쎄
아니라니까~
구시렁
구시렁
짜루 뒷간
파바바박
끼이익
짜루,
거기 있었냐?
들자하니 완전
깨졌던데용?

내가 널 위한답시고
한 일이 오히려
널 위험하게
만들 뻔했구나.

빤-히

짜루, 응가는 잘했나 볼까?
혹시 잘못 먹은 건 없겠지….

맛동산도 튼실하고
감자도 특산품이네?
내가 원래 이런 거에
소질 있다옹!

멍…

짜루야, 내년엔
뭘 심어야 너한테
안전할까?

하…
이를 어쩐다?

아버지의 길어지는 한숨만큼이나
애정 또한 깊어져 가고 있었습니다.

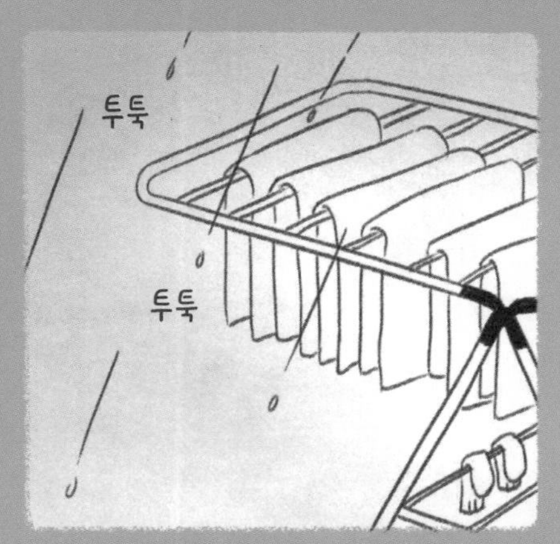
투둑
투둑

아이고
다 젖네.

짜루! 여기서
뭐하고 있어~
어여 들어 가!

어여
들어 가자.

제법 내릴 것 같은데….

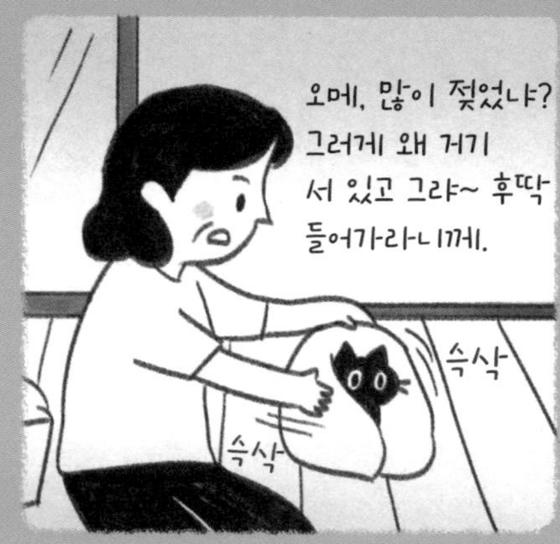
오메, 많이 젖었냐?
그러게 왜 거기
서 있고 그랴~ 후딱
들어가라니께.
슥삭
슥삭

쏴아

아따, 시원하게도 내린다잉.
이제 진짜 장마인갑다.
짜루,
잠깐 기다려봐라.
콸 콸
이때쯤 먹는
오디청이 제일
맛있단다.
꿀꺽 꿀꺽

짜루는 요거 먹을까?
내가 얼려 왔지.
!!

꺄앙!
끄덕
끄덕

꺅! 시원해!!

이리도 예쁜 것을
내가 왜 그리
외면했을까….
쭙쭙

왜 있잖아….
오디는 점점 흐릿해지는데

짜루 너는 점점 선명해지는 걸
받아들이기가 힘든 거란다….

내가 이래도 되나 싶고.
오디한테 미안하고…
그래서 시간이 좀 걸렸네.

나 좀 이해해
줄 수 있지?
야옹

그래,
고맙다….

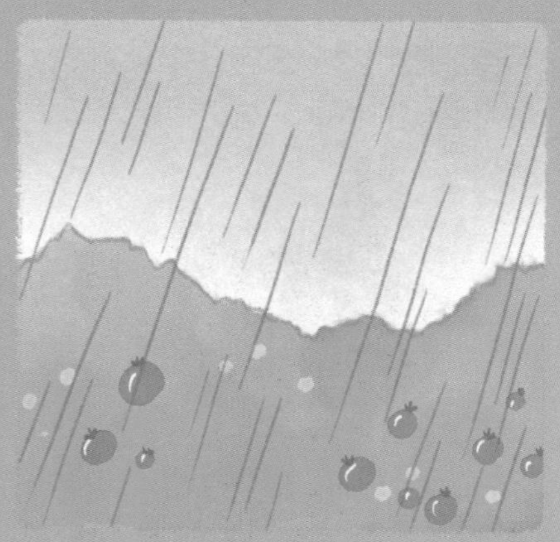

쏴아아
많이도 쏟아지네.
아이구

너 어디 돌아다니지
말고 여기 꼭 붙어 있어!
알았지?
냐~앙

우르르
쾅쾅!!

오메,
짜루!
천둥이
무섭냐~

천둥, 이놈아~
그만 좀 쳐라.
우리 짜루
놀란다!!

봐봐, 어떠?
이렇게 야단치니께
조용해지지?
별 거 아니다.
별 거 아녀….

이렇게 겁이 많은데
밖에서 어찌 지냈을꼬.

내가 당장이라도
집으로 들이고 싶은데…
꼬꼬
많이 먹어!

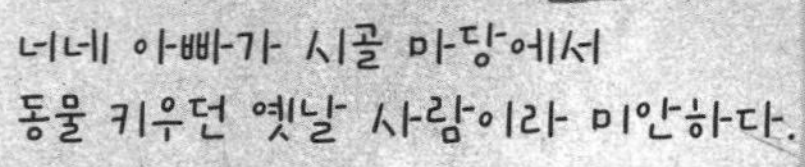
너네 아빠가 시골 마당에서
동물 키우던 옛날 사람이라 미안하다.

하여간 고지식해가지고 말야.
엣-취!
누가
내 욕하나?

너네 누나도 말은 못하고
아마 애가 탈 거야.
짜루, 내 방은
안 돼. 그랬다간
우리 둘 다 쫓겨나.

그래도 어쩌겠냐.
시간이 걸릴 일인디.
우리가 기다려주는
수밖에는….
구시렁
구시렁

짜루가 좋아하는 게 더 생겼어.
엄마 품에서 느껴지는 엄마 냄새.
그리고 엄마 품에서 울리는 엄마 목소리.
짜루는 역시 여기가 좋아.

보글보글

여디 보자….
다 익었네.
상 가져가!
응!

읏차
읏차

킁킁

어서 안 오고 뭐해?
응! 갈게~

짜루 꺼도
따로 삶느라
늦었네.
후-후

다 식었다.
어여 먹어라.
챱챱챱

꺄-
맛있다옹!

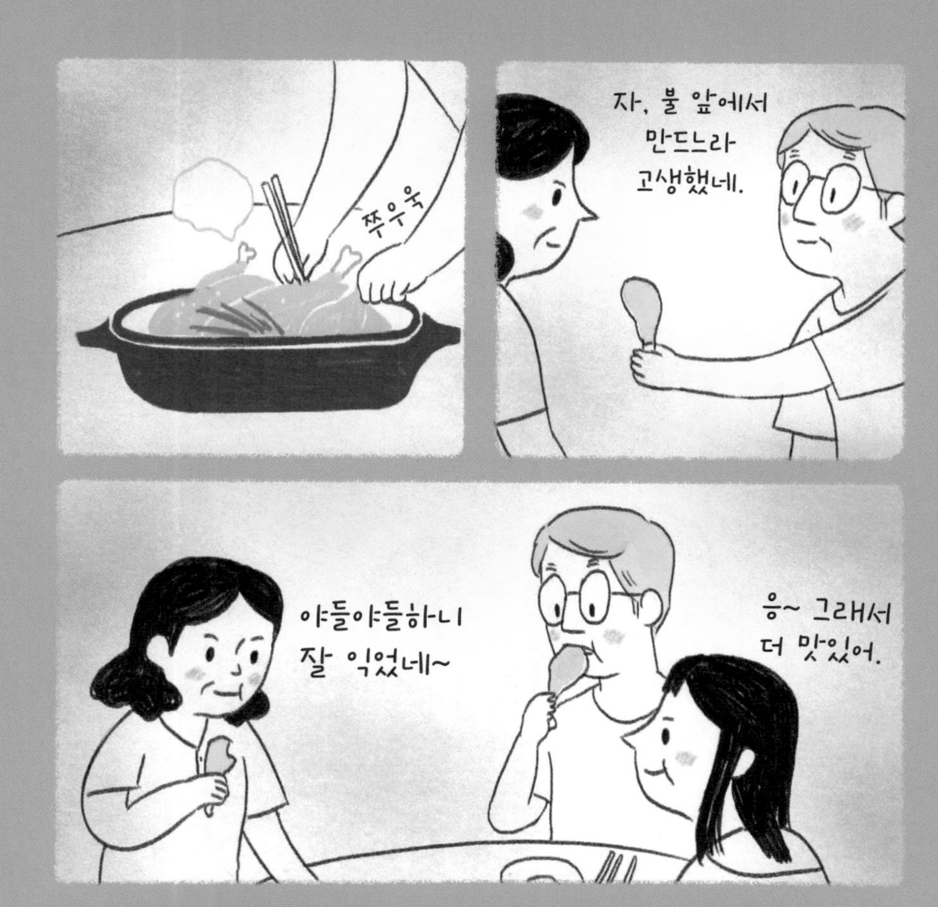
쭈우욱
자, 불 앞에서
만드느라
고생했네.
야들야들하니
잘 익었네~
응~ 그래서
더 맛있어.

김치도
이렇게
올려서…
찌이익
깍두기도
올려 먹어봐.
잘 익었다!
와-앙
어때? 시원하니
맛있지?
응!

아~ 잘 먹었다!
엄청 맛있었네.
챱챱
야옹

짜루도 맛있게
먹었나 보네?
할짝

쏴아~
이제 제법
선선해졌어?
그러게.

이제 수박 먹을 날도
얼마 안 남았네.
읏쌰

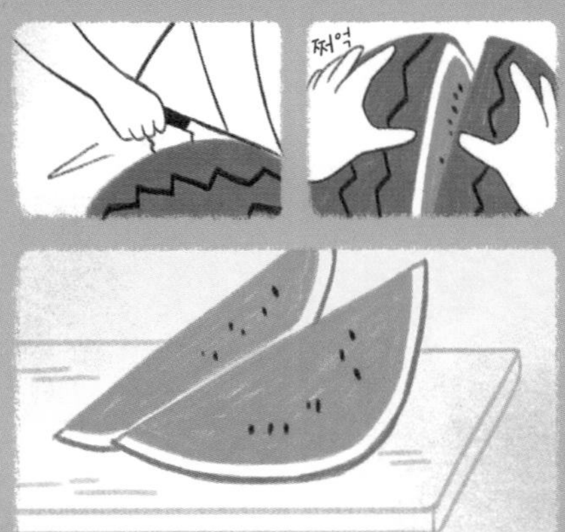
쩌억

완전
잘 익었다.
응, 설탕이야
설탕.

설-탕?
찌릿
뜨끔

우리… 누가 더
수박씨 멀리
뱉나 시합이나
해볼까?
콜!

퉤

피융-
폴짝!

짜루!
수박씨
잡으려고?

그럼 어디 한번
잡아보거라.
피-융
피-이-잉
...!

짜루 코에
붙어버렸네?
떨어지라옹!
도리
도리
짜루 코에
또 붙여줄게!!
싫다옹~
그렇게 짜루네 가족은
늦은 여름을 보내고 있었습니다.
짜루! 이리 와~
나도 네 코에
붙여줄 수 있는데!
귀뚤

가을이
천천히
지나가길
바라게 돼

지숙아!!

어여 들어가자.
끼익
쌩

고양이를
키워?
그렇게
됐어.

아니, 이게 뭔 일이래.
까만 것이 꼭….

오디 닮았지?
앗차!
으응….

그려, 오디 닮았네.

아이고 짠혀라….
오디도 이렇게
사람을 무서워
했는디….
쯧쯧

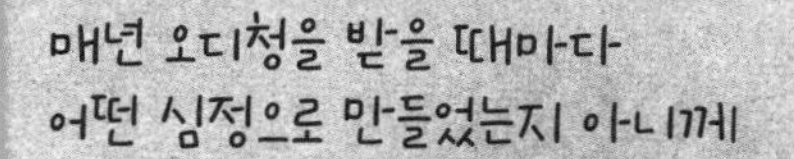

아직도 못 보내고 있는
자네 생각하믄 짠했었지.
이제는 편해 보이네.

대앵 댕-
풍경 소리는
여전하네.
두리번
두리번
벌떡
zzz
꾸벅
놀랐다가도
다시 잠드는 건 꼭….
오디랑 똑같지?

있잖어. 내가 오디도 보내보고
짜루도 겪어보면서 깨달은 게 있는디
얘네들은 모든 시간을 온전히 우리한테 쏟더라고….

그래서 이제 나도 함께 있는 동안
만큼은 온전히 이 녀석에게 쏟을라고.

그래야 나중에 하늘서 둘 다 만났을 때
떳떳하지 않겄어?

끄덕
잘 정리했구먼.

총총총

스윽

오메!
너 이제
내가
안 무섭냐.

역시 고양이는
이 맛에
키우는 게지.
그렇지옹?

짜루야, 이 집에 오래도록
눌어붙어 있어라.
알았지?
꼭이다 꼭.

야-옹!

치이익
계란물 좀
팍팍 묻혀.
응!
오물 오물
쏘옥

꽂느라 고생했으니
한번 잡숴봐.

으뜨뜨거!

후아-후
씰룩
쌜룩

역시 전은
이렇게
주워 먹어야
제맛이지.
오물
오물

짜루, 너!
동태전 먹고
싶어서 그러지!
츄르릅

냐-앙

염분 때문에 안 돼요.
간식 줄게. 이리 오거라~
냐아아~
쪼르르

챱 챱 챱

으아~
이제 다 부쳤다.

고생했으니
식혜 좀 마셔.

꿀꺽
꿀꺽

아으 시원하다~
이제 다들
송편 빚자고!

그냥 다
사먹자니까.
그치, 짜루야?
투덜
투덜

등짝 맞기 싫으면 빨리
가보셔야 할텐데용?

온 가족이 다 같이
만들면 좋지 뭘 그래?
어차피 먹을 만큼만
만들었잖어.

반죽이랑
재료 가져 왔어.

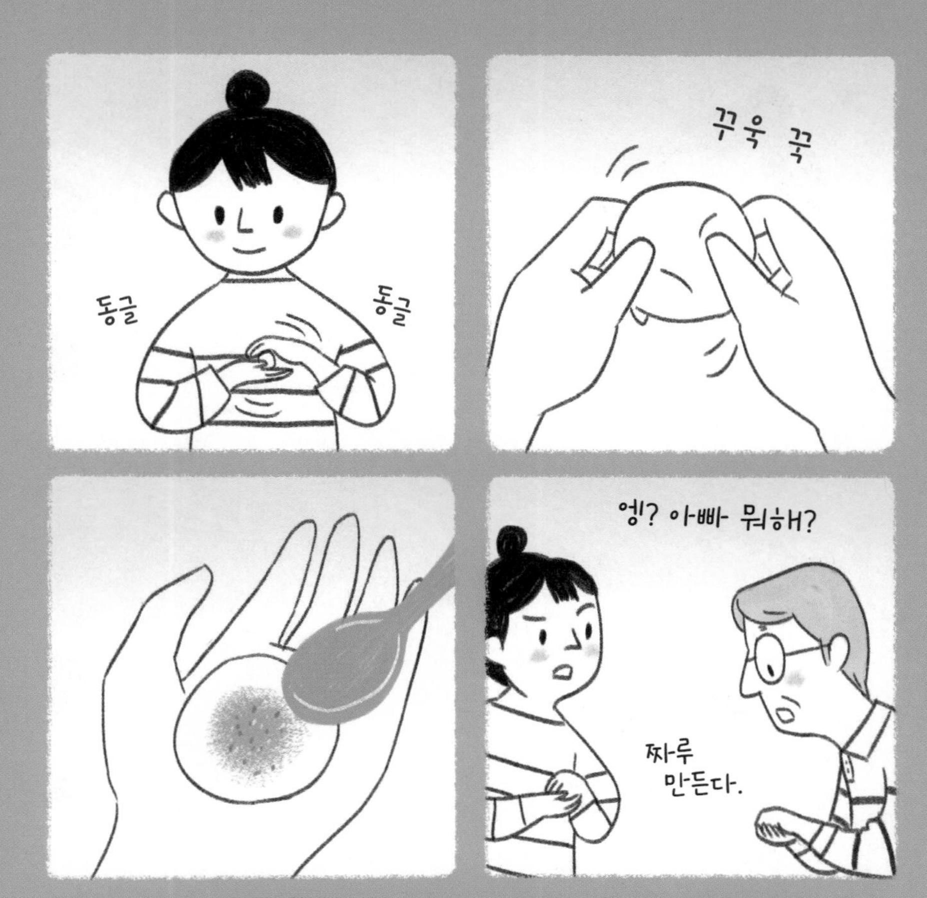
동글
동글
꾸욱 꾹
엉!? 아빠 뭐해?
짜루
만든다.

어? 나도
짜루
만들래!
흑임자 가루 있지?
흑임자는 왜?
이따가
굴려줄 거야.
그러셔~
풉

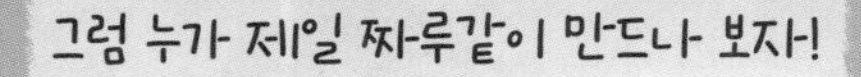
그럼 누가 제일 짜루같이 만드나 보자!

다들 이런 거
좋아했냐옹?

나는 검정콩으로
안에도 까맣게
할 거야!!

이렇게
눈도 붙여줘.
오...

그럼 익히러 간다!
짜루도 궁금한갑네~

모락 모락

야무지게
익었구만.

송편이 왔어요~
오!

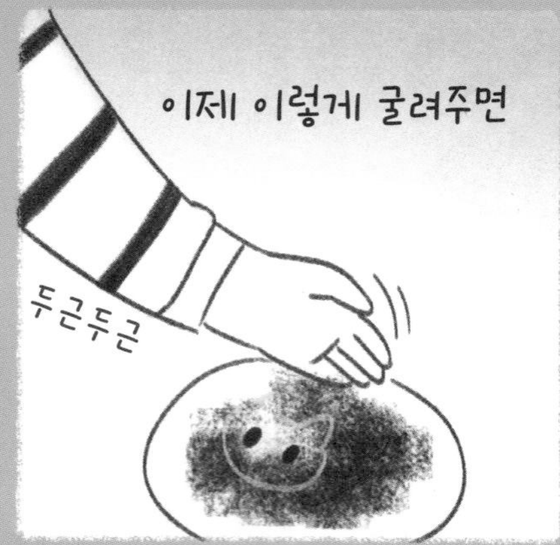
이제 이렇게 굴려주면
두근두근

짜-루다!
진짜 짜-루 같다!

근데 이거 어째
먹기엔 잔인한데?
그러게…. 목구녕으로
고것이 넘어가겄냐?

송편을 만들었는데 왜 먹지를 못하니!
니들은
누구냥?
짜-루네 가족은 열심히
먹지도 못할 송편을 빚었다고 합니다.

쌀랑

내 겉옷이랑
짜루 방석 좀
꺼내올게.
냥!

···
괜히···
툭툭

이 옷은!!

그 날 입었던 옷이다.
문학 번역은
역시 안 맞는 건가….

일이 잘 안 풀려 땅만 보고
걸었던 날
추-욱
그 작가 특유의
감정선을 전혀
살려내질 못하고
있어. 뭐가 문제지?

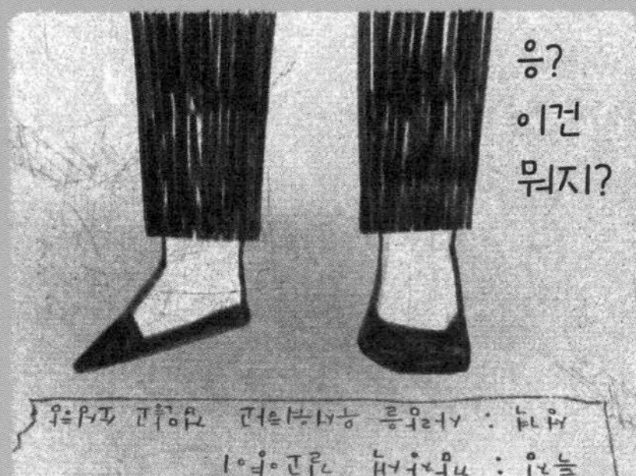
응?
이건
뭐지?

이상한 포스터 위로 터벅터벅
걸어가던 검은 고양이 한 마리가

왠지 나와 닮아 보였다.

그래서 유독 마음이 쓰였는지도
모르겠다.

짜--루?

적혀 있던 이름을 불렀을 때
나를 바라보던 그 눈에는

슬픔이 가득 차 있었다.

그 눈을 보니 나도 모르게
말을 걸 수밖에 없었다.

넌 까만 털을 가진
멋진 고양이구나?

나는 저기
파란 대문집에
살아!

그 말 한마디에 이 작은 고양이가
나를 따라올 줄은 몰랐다.

이 아이는 뭐가 그리 절박했을까?
차 밑에서
마당으로
차츰차츰 들어온 녀석은
어느새 내 마음을 가득 채웠다.

톡톡

짜루!

누나…

짜루야, 창문 안으로 조금만 더
내딛을 수 있음 좋겠다는 생각이 드는 건
내 욕심일까?

가을이 오면
발자국 소리가 특이해져.

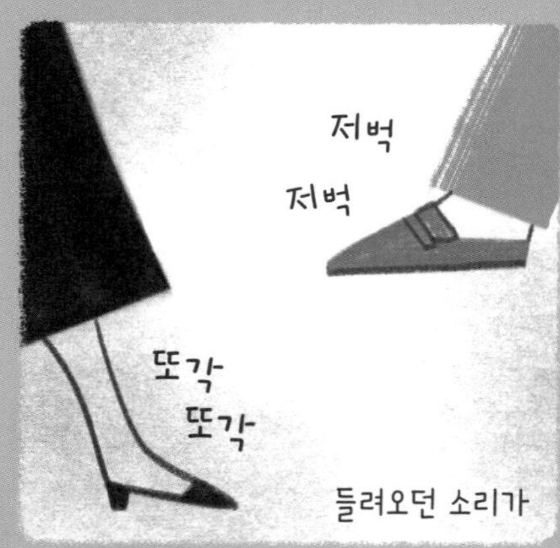
저벅
저벅
또각
또각
들려오던 소리가

바스락거리기 시작하니까.

짜루는 더 집중해야 해.

누구 발자국 소리인지
바스락
알아야 하거든.

그리고 이건 분명
누나 발자국 소리야!
귀뚤!

끼이익

누-나!

짜루!

나 기다렸구나?
냐-앙!

보고 싶었어?

쏴아아
후두둑
긁적
짜루 놀랐냐.
미안하다….

참새 주려고?
응. 이제
올 때가
됐는데….

옛날엔 가을만 되면 참새들이
벼 이삭을 쪼아대서 내쫓기 바빴는데
훠이 훠이

너무 내쫓아서 그런가?
이젠 참새 보기가
귀하다.

그들이 몰려온다옹!

짜루야,
참새는
사냥하는 거
아니다.
여기 안겨 있거라.

콕
짹
짹
콕

참아야
한다옹….

비록 내 동공이 커지고 궁디가
씰룩거려도 참을 거라옹!

짹 짹
콕콕

에잇,
못 참겠다!

냐아앙

뭐야! 저
미친 고양이는!
꼬액!

이 녀석! 기어이
밥 잘 먹는 애들을
쫓아 보내는구나!

아빠가
좀 봐줘~
얘도 참느라
힘들었을 걸?

그치,
짜루야~

맞다옹!
억울

참새 밥 먹는 거
더 보고 싶었는데.
힝…
슥슥
삭삭

참 이상해…. 이맘때쯤
낙엽 치우는 소리는
괜히 아쉽단
말이지.
슥삭
슥삭

겨울이 오면 더 이상 듣지 못해서
그런가….

그게 아니면
이 싱숭생숭한
마음은 대체 뭘까?

짜루야, 올 가을은
되도록 천천히 지나가면 좋겠다.

짜루, 밥 먹어라!
흑

왜? 누나가
아니라서
놀랐냐?
...

누나가 많이 아파서
콜록콜록

당분간 아침밥은
내 담당이 됐다.
!!
누나가옹?

누나

대체 어디가 아픈 거야…?

야-옹
야-옹

아휴-
재가 밥도
안 먹고
저러고 있네.

하긴… 지도
들어가고 싶겠지.
왜 아니겠어~

오늘 따라
창문이 높게
느껴지네옹.

<며칠 후>
아직도 많이 아파?

힝…
누나가 저렇게 아픈데 짜루는 아무것도 해줄 수가 없어.

나한테 처음으로 따뜻한 밥을 주고
킁킁

깨끗한 물도 주고
우와~ 이런 물 처음 먹어봐!

따뜻한 집을 만들어주고

온기를 나눠주었고

가족을 선물해준 누나인데….

그래서 짜루는 여기에 있는 것만으로도 충분했는데.
넌 왜 욕심을 안 부리니?

이곳에만 있으면 누나한테
해줄 수 있는 게 아무것도 없잖아.

쯧쯧
왜 이리
밥을 안 먹누.

매일 싹싹 비우던
애가 또 남겼네.

네가 부지런히 먹어야
누나도 힘이 날 거
아녀!!

진짜?

와구
와구

짜루, 너!
밥 남겼었다며!

이 먹보 고양이가
갑자기 왜 밥을
남기고 그래~?
누나!

이제 좀
괜찮냐~?
응, 많이
좋아졌어.

어째
그 사이에
아기가
된 거 같네.
그릉
그릉

짜루! 너 밥 잘 챙겨 먹을 거야,
안 챙겨 먹을 거야!

챙겨 먹을
거다옹!
부비
부비

보고 싶었어.
짜루도
보고 싶었다옹.

그러니까 아프지마라옹….
짜루한테 가장 소중한 사람

세상에서
가장 따뜻한
우리의
겨울

벌써
이렇게
추워져서야….
쯧쯧...

궁시렁
궁시렁
겨울이 뭐 벌써
부터 오려고 그래?
성질 급하기도 하지.

이젠 여기서
빨래 개기도
힘들겠다.

빤--히
분명 누나가 아파서
잘··· 못 먹었는디?
?
어디 보자~
쪼물
쪼물
어머냥!
왜 이러세옹?
살이 아니라
털이 쪘구만!
언제 월동 준비 끝냈어?

왜냐하면 짜루도
빵실빵실 해야

겨울을 잘 날 수 있으니까용!
데헷!

짜루가 부지런해서
그런 거지, 뭐~

짜루, 새 겨울집이야!
킁킁
...
이것밖에
못해줘서
미안해.
마음에 들어?
야-옹

<그날 밤>
고것이 추울 것인디….
잠도 안 오고…
드르륵
요 색이
좋겠다!!

집에 들어가
있겠지?

<잠시 후>
꾸벅
꾸벅

오메~
일 났네.
이라믄
안 되는디….

부릅!

스르르

엄마! 여기서 잤어?
아이구~
내가 여기서
깜빡 잠들어
버렸네.
아! 맞다!
휴…
완성한 게
꿈은
아니었네.
어떠냐?
짜루
목도리다.
이걸 밤새
만든 거야?
우와~

짜루
잘 잤냐?
이리 와봐.
야-옹

어디 보자~
이게 뭐예옹?

딱 맞네! 따뜻해야 할 낀데~
!!
진짜?
짜루야,
엄마가
밤새 만든 거야.

어쩐지 몸이 고장난 거 같지만
고맙다옹!
뻣뻣

네? 다음 작품도 맡겨주시겠다고요?

네, 저번에 수정된
번역이 좋았거든요.

언제부터인가…
글이 깊어졌달까요?
아…. 네, 맡겨주셔서
감사합니다.

문학 번역에는
능력이 부족하다
생각했었는데
자포자기 상태
까지 갔었는데….
언제부터 다시
글이 써졌더라?

그래. 그때쯤 같다.
짜루를 만난 후로
난 여러 감정을 느꼈고…
그게 글로 나타난 거야!

고마운 녀석,
얼른 가서
간식 줘야지!
킁킁

엇! 군고구마?

군고구마 오늘은
내가 사갈게.
왜?
아빠 맨날
식은 거 사오잖아.

모락
모락

아…
따뜻해.
끼이익

야옹
짜루!

춥지?
안아줄게.

어때? 군고구마 때문에
따뜻할 거야!

어…? 그러고 보니….

아니, 당신은
왜 맨날
식은 고구마만
사와?
...
그러게

날이 추워서
금방 식는 걸
어쩨….
맛만 좋구만.

〈조금 전〉
짜루,
이리 와라.

내가 따뜻하게
데워놨다!

어떠냐?
따뜻하지?

오늘도 식은 고구마 사왔다고
구박받겠는데옹?

구박하라지 뭐….

그래도 난
지금이 제일
좋거든.

그런 거였어…?

아…
이런….

짜루 너
그동안
아빠랑
이러고
있었던 거지?

들켰다옹!

날씨가 추워지면서
짜루야
핫팩 갈자!!

마음이 조급해졌었다.
이렇게 해줘도
추울텐데….
아빠가 원망스러웠다.
지금 시대가 어느
시대인데 답답해!!

그래서인지 나도 모르게
짜루 이제
집에서
키우는 거 어때요?
동물은 마당에서
키우는 거지!
쪼로록

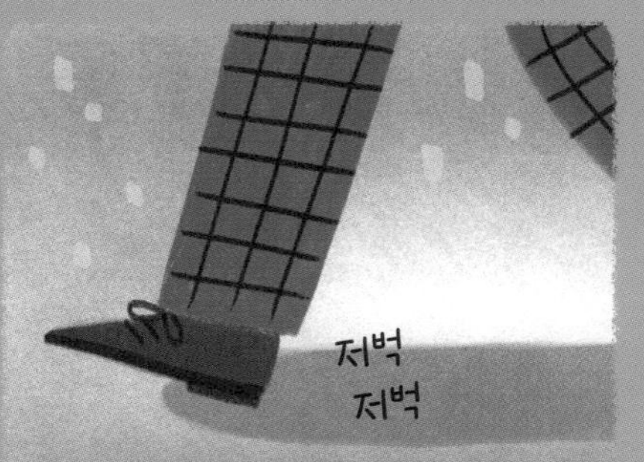

모두에게 각자의 속도가 있다는 걸
나는 이제서야 알게 됐다.

끼이익

아빠-!!
!!

요놈
봐라?

이런 이런,
내 이럴 줄
알았지….

아빠 딸이잖아.

내가 제일 좋아하는 걸
들켜버렸군.
콩콩

어떠냐?
식어도
맛있지?
응~ 꿀맛이네.
따뜻하다옹!

휘이이잉~
잘 다녀와요!
갑자기 이렇게
추워질 줄이야.
밤새 괜찮았냐?
HOT PACK
HOT

추우니까
나오지 말어.

그럼 멀리
안 나갈게용~

휘리릭
신문

하마터면 날아갈 뻔했네.

안에는
그래도
따뜻하던데
괜찮겠지?

BUS

안녕하십니까~
응…
좋은 아침!

…
갑자기
추워졌네요.
한파주의보래요.

짜루 녀석
괜찮을까…?
꿀꺽

떨고 있진 않으려나…?

잊지 말자. 집에는
먹여 살릴 고양이가 있다.
타닥
타닥
왜 이 소리는
아무리 들어도
적응이 안 되냐?
삐
부르르
-긴급 재난 문자-
내일 중부 지방
폭설주의보 발령
대비하시길 바랍니다
어쩐지
날이
우중충
하더라니….

작년 겨울은
따뜻하게
지나갔는데

그러고 보면 같이 산 지도
진짜 여기서
살아도
되냐옹?

1년이 넘었구나.
방울토마토가
위험한 거였다니~
서툴렀던 적도 많았는데….

부장님! 식사하러
안 가시나요?
아…!
가야지!

와-앙

홀짝

뽀삐야!
응?

우리 뽀삐,
추운데 산책하지
말고 엄마랑 집에
붙어 있어!
아빠 일찍 갈게~
멍! 멍!

절레
절레

나는 그거
이해 안 가더라.
뭐가?

동물한테 엄마, 아빠라고
하는 거 말야.
가족이니까!
피식

가 … 족?

자고로
동물은
흠…
마당에서 키우는 거 아닌가?
옳지.
잘 먹네.
그러고 보면 TV에서 종종 동물도
가족이라고 하기는 하던데
우리 가족 행복하길~
멍!!
내가 너무 흘려 들었나…?
아휴~
일하자, 일!

잊지 말자. 집에는
먹여 살릴 고양이가 있다!
아빠라고 불러도 되나용?
짜루는 준비가
됐는데용~

깜짝아!
뭐지? 방금
그 공격력은?

집중하자.
집중!
찰싹

근데, 짜루가
내 새끼 같긴
하단 말야….

저벅
저벅
가족이라…
끼이익
냐-앙

추운데…
뭐하러
나와 있어~
골골골

HOT

이만
들어간다.
너도 어여
들어가!

나 왔어!

<늦은 밤>
자정부터는
많은 양의 눈이
내릴 것으로 예상…

꽈악

지금 열었다간…!

짜루…
거기에 있지?

우리… 그냥
나가서 살까?
도리
도리

거절당할까 봐
무섭지만
아빠한테
용기내볼까…?

누구
맘대로
나가 살아!
쿵
쿵
내 새끼 어여 들어와라!
아빠!
여보!

야옹 하하하 깔깔

모두가 잠든 까만 밤

깜빡

깜빡

짜루와 내가
같은 색이 되는 시간

짜자루를 보신 분은 예뻐해주세요
이름 : 짜자루
사는 곳: 아무 곳
특징 : 깜장색 길고양이
성격 : 사람을 무서워하고 겁많고 소심함
사 과

짜루를 보신 분은 예뻐해주세요
이름 : 짜루
사는 곳: 아무 곳
특징 : 깜장색 길고양이
성격 : 사랑을 무서워하고 겁많고 소심함

짜루를 보신 분은 예뻐해주세요
이름 : 짜루
사는 곳 : 아무 곳
특징 : 깜장색 길고양이
성격 : 사람을 무서워하고 겁많고 소심함

세상 모든 짜우가
행복하기를...

#1. 짜루의 변기 사랑

#2. 짜루 금단 현상

#3. 짜루의 최애

짜루야! 오늘 낮잠은
아빠랑 같이 자자.
글쎄옹!
기대
기대

맨날 누나랑만
자고 너무해!!
휙

짜루는 의리를 중요하게
생각해서 거절하겠다옹!
단호박

흑흑흑 나만 없어 고양이!
진짜
사람들
다 있고
나만 없어.

#4. 제대로 콩깍지

#5. 현명한 선택

아휴, 집이 왜 이렇게 더워!
누가 이렇게 보일러를 틀어놓으래?

너지?
난방비 무서운
줄 모르고!!
쉬잇-

녹는다냥~
녹는다옹!
흠냐

zzz
보일러 끌까?
아니, 일단
냅둬봐.

#6. 짜루 손은 약손

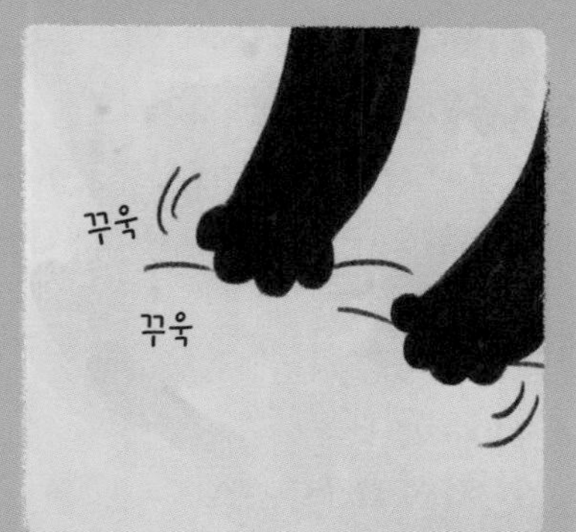

Q & A

안녕하세요, 고돌댁입니다.
많은 분들의 사랑덕에 지면으로
찾아뵙게 되어 정말 기쁩니다. (꺄아)
이제부터 QnA 형식으로 얘기를 나눠볼게요.

Q : 짜루는 실존하는 고양이인가요?

A : 아니요, 정말 많이 받은 질문인데요.
짜루는 제가 만난 검은 고양이들에게서
영감을 받아서 만든 캐릭터랍니다.

Q : 그렇다면 왜 검은 고양이 이야기를 시작하게 되었나요?

A : 고양이를 잘 모르던 시절, 공원에서 검은 고양이 가족을
만난 적이 있었는데 무척이나 살가운 녀석들이었어요.
작은 공원에서의 짧은 만남이었지만, 아직도 기억이
생생해요. 마치 다른 세계에 온 듯한 느낌이었죠.
검은 고양이 가족에게 둘러싸이는 건 특별한 경험이니까요

마치 이런 느낌?

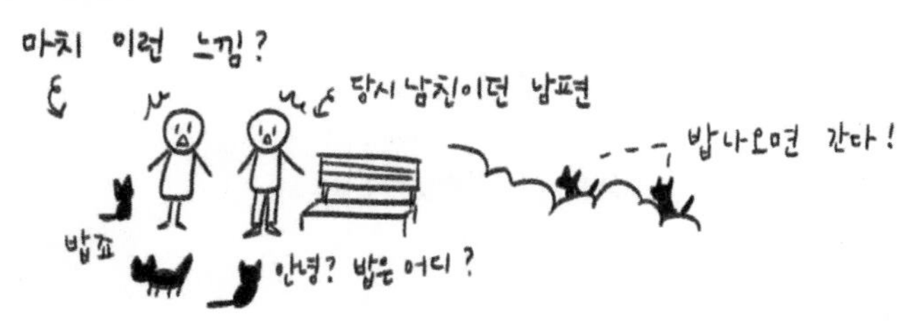

그 후로 몇년 뒤 카페에서 다리 하나를 교통사고로 잃은 검은 고양이를 만났는데 매우 밝고 씩씩한 카페 접대묘로 지내고 있었어요 제게 무릎 냥이까지 해주었답니다.

또한, 저 몰래 급식소밥을 먹던 녀석이 있었는데 어느 날 사료 봉지를 들고가는 저를 아주 멀리서 부르더니 전속력으로 달려와 아는 체 하더라고요.
그러면서 깨달았어요. 분명 무언가가 잘못 되었다는 것을...
그래서 펜을 들었지요. 이 애교쟁이들이 억울하겠더라고요

Q: 짜루 이름은 어떻게 지으셨나요?

A: 짜루는 연필 한 '자루'에서 따왔어요.
우연히 연필로 그린 낙서에서 태어났거든요.
굴러다니는 연필 한 자루만 있으면
누구나 짜루를 그릴 수 있어요.
우리가 짜루를 동네 아무 곳에서나 볼 수 있듯 말이에요.

Q: 작가님 고양이가 궁금해요

A: 고도리는 카리스마 넘치는 눈빛을 가진
낙천적이고 삶을 긍정하는 아이에요.
짜루와는 다르게 모든 사람이 자기를 예뻐하리라고
믿는 자존감 높은 아이지요.
이제는 나이가 많아져 아픈 곳이 많아졌어요. 그럼에도
고비를 네번이나 넘긴 의지가 강한 기특한 아이에요.
베이비 페이스라서 그런가 제 눈엔 계속 아기같답니다 :)

엄마집사 사냥이 취이

Q : 인스타에 보면 육아휴직 중이시잖아요, 어떠신가요?

A : 저희 버찌(태명)랑 고도리는 초창기엔 서로 거리두기를 하더라고요. 갓난 아기 땐 버찌가 울면 고도리가 걱정이 되는 지 저한테 알려주기도 했는데 익숙해지니깐 그러려니 하더라고요. 고도리가 제 발을 무는 버릇이 있어 걱정이 됐는데 버찌한텐 아기라서 그런지 입질을 잘 안 해요. 아주 살짝 앙하고 문 적이 있긴해서 예의주시하고 있어요. 그럴 때마다 버찌가 엉엉 울면 미안하더라고요. 그런데도 버찌는 고도리가 좋은 지, 고도리가 토하면 물티슈부터 뽑아주고, 입원한다 그러면 엉엉 울어요. 고도리도 입원실에서 버찌를 보면 가지말라고 애타게 쳐다보더라고요. 둘 사이는 제 생각보다 가까운 거 같아요

Q : 마지막으로 하고 싶은 말씀이 있으신가요?

A : 세상 모든 고양이가 행복하기를!!
그리고 작업하는 내내 육아로 고생한 남편에게 고마움을 전합니다.

에필로그

오랜 시간을 망설이다 글을 쓰기 위해 자리에 앉았다.
나의 평생의 반려묘 고도리가 지난 4월 25일 하늘나라로 갔다.
여러 번의 고비를 만났었지만 보란 듯이 이겨낸 내 고양이가, 이제는 신장 기능을 다 사용했다고 한다. 그래서 그렇게 하루 종일 화장실을 들락날락했나 보다. 그래서 그렇게 작은 몸으로 나보다 더 많은 양의 물을 마셨었나 보다. 나는 다른 쪽으로 원인을 찾고 고치려 들었는데, 내 예상은 완전히 빗나갔다.
고도리의 비명 소리가 지금도 선명하다. 고양이는 보통 아프면 몸을 숨긴다는데, 삶의 의지가 강한 녀석은 끝까지 화장실을 가려고 비틀거렸고 가다가 주저앉으면 내가 대신 데려갔다. 마지막에는 화장실에 갈 힘마저 없어 내 이불을 내어줬다. 남편은 차마 볼 수 없었는지 병원에 다시 입원시켰다. 남편이 벌고 싶은 것은 '시간'이었다. 진통제가 들어가자 아이는 한결 편안해 보였다. 그리고 머지않아 세상을 떠났다.

마지막 면회가 기억난다. 겨우 힘을 낸 고도리는 나를 반갑게 맞이했다. 선생님들이 예쁘게 닦아줘서 말끔한 얼굴을 하고 내가 주는 추르를 맛있게 받아먹었다. 그러고는 자꾸 눈을 감으려 했다. 이대로 눈을 감겨주면 고도리가 그대로 떠날 것 같아, 아빠랑 동생 얼굴 보고 가라고 눈을 감겨주지 않았다. 주치의 선생님께 남편 퇴근 후 퇴원시키겠다고 말씀드리고 집으로 돌아오는 길, 고도리는 떠났다.
급하게 택시를 잡아타고 병원으로 돌아갔다. 응급 상황이라고 들었는데 그 사이에 숨을 거둔 것이다. 황망한 나머지 그대로 주저앉아 울었다. 고도리가 마지막으로 내 얼굴을 보고 가려고 기다렸다는 것을 그제서야 알아차렸다. 녀석과의 극적인 마지막 만남은, 녀석이 안간힘을 써서 만들어낸 기적이었다. 고도리는 그런 아이였다. 병원에서도 여러 번 포기했는데도, 그 때마다 살아내주었다.
주치의 선생님이 그런 말씀을 하셨다. 고도리의 심장 상태와 병원에 대한 스트레스만 생각하면, 언제 응급 상황이 올지 모를 정도로 위험했었는데 희한하게도 몇 차례나 입원해 있는 동안 최악의 상황이 오지 않았다고. 녀석은 아마도 알았을 거다. 이 모든 검사와 치료를 마치고 나면 가족의 품으로 돌아갈 수 있다는 것을. 그래서 버텨낸 것이다.
고도리의 몸은 빠른 속도로 식어갔다. 이내 얼음장처럼 차가워졌다. 털을 밀어놓은 자리는 가죽처럼 느껴지기 시작했고 몸은 점점 굳어갔다. 생기가 빠져나간 몸에서 느껴지는 이 질감이 낯설었다. 마지막 밤은 내 곁에서 재웠다. 차갑고 빳빳하게 굳은 앞발을 꼭 쥐고 잤다. 그 앞발에 내 머리카락을 붉은 실로 묶어줬다. 소풍 가는 길에 이것저것 챙겨주는 엄마의 마음 같은 것이었다. 하나님께는 이번 한 번만 눈감아 달라고 말씀드렸다.
고도리 곁에서 잠이 들었다가 인기척에 잠에서 깼다. 분명 누군가 움직이는 듯한 소리였는데. 내 옆에선 고도리만이 깊은 잠에 들어 있었다. 순간 섬뜩하기도 했지만 이내 그것이 고도리의 마지막 인사였다는 생각에 고마워졌다. 녀석이 집안을 마지막으로 둘러보고 떠났나 보다.

장례식이 이어지는 동안 사랑한단 말을 해주고 여러 번 입을 맞추었다. 그리고 아이가 편히 가길 기도했다. 곧이어 화장이 시작됐다. 남편과 나는 뜨거운 불이 아이의 몸을 삼

키는 걸 지켜봤다. 그나마 다행인 것은, 앞발에 묶어둔 내 머리카락이 함께여서 덜 무섭겠다 싶었다. 그것은 나에게도 위안이 되었다. 마지막까지 함께여서 다행이었다.
남편과 나는 40여 분의 화장이 진행되는 동안 이런저런 추억들을 이야기했다.
간병 생활이 동화처럼 아름답지만은 않았다. 우리 부부에게 병원비는 커다란 무게였고, 그것으로 갈등도 여러 번 겪었다. 날 선 말들도 여러 번 오갔다. 하지만 항상 그 끝은 고도리를 지키는 것으로 향했고 그 덕에 후회가 없었다. 우리는 정말 최선을 다했고 고도리도 항상 최선을 다해주었다. 남편은 마지막에 더 이상 해줄 게 없어 황망해 했다. 일주일 남았다던 아이가 사흘 만에 세상을 떴다는 것을 내심 믿지 못하는 듯했다. 우리의 30대를 오롯이 함께한 아이였다. 다신 없을 시간이었다.
화장터에서의 대화는 아이가 우리에게 주는 선물 같았다. 두런두런 나누는 대화 속에서 우리는 부모라는 우리의 위치를 다시 확인했고 단단한 유대감을 느꼈다. 곧이어 고도리는 한 줌의 재가 되어 우리 곁으로 돌아왔다.

과거 고도리가 담도 폐쇄가 왔을 때, 마음의 준비를 하라던 때가 있었다. 그 소식을 들은 랜선 이모 삼촌들이 지금은 추우니까 따뜻한 봄에 꽃구경도 하다가 날 좋을 때 가라고 고도리에게 응원의 글을 보냈주셨었다. 그 때가 올해 1월 한겨울이었다. 내 착한 고양이는 그 말을 알아듣고 4월에 꽃피는 날 좋은 날, 훨훨 날아갔다,

고돌아, 내가 너를 어찌 잊겠어. 나는 너를 잊는 법을 몰라서 마음에 묻었어.

네가 있었기에 지금의 내가 있게 되었어.

내가 만드는 이야기마다 네 흔적이 남아있을 거야.

너는 내게 그런 존재니까.

내 용감한 고양이야, 우리 나중에 꼭 다시 만나. 사랑해.

깜장 고양이 쨔루

초판 1쇄 인쇄 2023년 9월 5일
초판 1쇄 발행 2023년 9월 20일

지은이 류우리
펴낸이 이승현

출판1 본부장 한수미
라이프 팀
편집 김소정
디자인 김준영

펴낸곳 ㈜위즈덤하우스 **출판등록** 2000년 5월 23일 제13-1071호
주소 서울특별시 마포구 양화로 19 합정오피스빌딩 17층
전화 02) 2179-5600 **홈페이지** www.wisdomhouse.co.kr

ISBN 979-11-6812-781-4 03810